SCHNEEWEISSCHEN UND DIE FÜCHSIN

Russische Volksmärchen,
aufgezeichnet von

Alexej Tolstoj

Illustrationen von

Marianna Beljajewa

LeiV

СОЛЬ

Der Wolf und die Geißlein

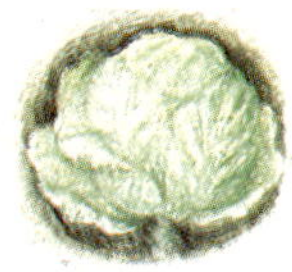

Es lebte einmal eine Geiß mit ihren Geißlein. Sie ging in den Wald, rupfte das seidige Gras und labte sich am erquickenden Naß. Sobald sie das Hüttlein verlassen hatte, riegelten die Geißlein die Tür zu und gingen nicht hinaus. Wenn die Geiß heimkehrte, pochte sie an die Tür und hub zu singen an:

„Meine Geißlein, meine Kinderlein klein!
Riegelt auf die Tür, laßt mich ein!
Eure Mutter ist heimgekehrt,
Hat euch frische Milch beschert;
Die Milch läuft mir aus dem Euter fein,
Aus dem Euter fein über das Hüfelein
Von dem Hüfelein in den feuchten Sand!"

Die Geißlein öffneten die Tür und ließen die Mutter ein. Sie gab ihnen zu essen und zu trinken und ging wieder in den Wald, die Geißlein aber riegelten sich ein.

Der Wolf belauschte die Geiß. Als sie wieder einmal weggegangen war, lief er zum Hüttlein und schrie mit rauher Stimme:

„He, Kinderlein!
He, Geißlein!
Riegelt auf,
Laßt mich ein,
Eure Mutter ist da,
Frische Milch ist da,
Die Hüflein stehen im Wasser!"

Antworteten ihm die Geißlein:
„Wir hören dich, wir hören dich, aber das ist nicht Mütterchens Stimme! Unsere Mutter singt mit gar feinem Stimmlein und spricht ein ganz anderes Verslein."

Dem Wolf blieb nichts übrig, er mußte zur Schmiede laufen und sich die Stimme umschmieden lassen, um mit feinem Stimmchen zu singen. Der Schmied tat ihm den Gefallen. Alsdann lief der Wolf wieder zum Hüttlein und versteckte sich im Gebüsch.

Kam die Geiß heim und pochte:

„Meine Geißlein, meine Kinderlein klein,
Riegelt auf die Tür, laßt mich ein!
Eure Mutter ist heimgekehrt,
Hat euch frische Milch beschert;
Die Milch läuft mir aus dem Euter fein,
Aus dem Euter fein über das Hüfelein,
Von dem Hüfelein in den feuchten Sand!“

Die Geißlein ließen die Mutter ein und erzählten ihr, wie der Wolf gekommen war und sie fressen wollte.

Die Geiß gab ihnen zu essen und zu trinken und gebot ihnen streng:

„Wenn einer zum Hüttlein kommt und mit rauher Stimme Einlaß begehrt und das Verslein nicht hersagt, wie ich es tue, so macht die Tür nicht auf und laßt ihn nicht ein."

Kaum war die Geiß fort, da stand der Wolf schon wieder vor der Tür, pochte an und sang mit feiner Stimme:

„Meine Geißlein, meine Kinderlein klein,
Riegelt auf die Tür, laßt mich ein!
Eure Mutter ist heimgekehrt,
Hat euch frische Milch beschert;
Die Milch läuft mir aus dem Euter fein,
Aus dem Euter fein über das Hüfelein,
Von dem Hüfelein in den feuchten Sand!"

Die Geißlein öffneten die Tür, der Wolf stürzte in die Hütte und verschlang sie alle. Nur ein einziges Geißlein konnte sich retten und im Ofen verstecken.

Als die Geiß heimkehrte, mochte sie singen und rufen so lange sie wollte, keiner antwortete ihr. Sie sah — die Tür stand offen, sie sprang ins Haus, doch keiner war drin. Schließlich guckte sie in den Ofen und fand das eine Geißlein.

Sie erfuhr von dem Unheil, das sich zugetragen hatte, setzte sich auf die Bank und hub zu weinen und zu wehklagen an:

„Ach ihr meine Kinderlein klein, meine lieben Geißlein!
Warum habt ihr die Tür aufgetan?
Nun hat euch der böse Wolf verschlungen!“

Als dies der Wolf vernahm, trat er in die Hütte und sprach zur Geiß:

„Warum gibst du mir die Schuld, Gevatterin? Ich hab doch deine Geißlein gar nicht gefressen. Laß das Trauern sein, komm lieber mit mir in den Wald spazieren."

Sie gingen in den Wald, im Wald aber war eine Grube, in der Grube brannte ein Feuer. Sprach die Geiß zum Wolf:

„Hör, Wolf, wir wollen versuchen, wer von uns beiden besser über die Grube springen kann!"

Sie begannen zu springen. Die Geiß sprang über die Grube, der Wolf aber stürzte ins Feuer.

In der Glut platzte sein Bauch, die Geißlein sprangen heraus, alle waren munter und gesund und hüpften zur Mutter Geiß! Fortan lebten sie mitsammen fröhlich und vergnügt wie eh und je.

Füchsin und Wolf

Es lebten einst ein alter Mann und sein Weib. Sprach der Mann zu seinem Weib:

„Backe mir einen Kuchen, ich will den Schlitten anspannen und Fische im Eisloch angeln."

Der Alte angelte und lud sein Fuhrwerk voll. Auf dem Heimweg erblickte er eine Füchsin; die lag zusammengerollt mitten auf dem Weg.

Der Alte kletterte vom Fuhrwerk, trat zur Füchsin, die aber lag reglos da, als sei sie tot.

„Das ist ja ein herrlicher Fund! Da kriegt meine Alte einen neuen Kragen auf ihren Pelz."

Der Alte nahm die Füchsin, legte sie auf den Schlitten und fuhr weiter.

Die Füchsin paßte den Augenblick ab und begann still und heimlich ein Fischlein nach dem anderen vom Schlitten zu werfen, ein Fischlein nach dem anderen.

Als sie alle Fischlein vom Schlitten geworfen hatte, sprang sie selbst ab und machte sich auf und davon.

Der Alte kehrte heim und rief sein Weib:

„Da, schau, Alte, was ich dir für einen neuen Kragen mitgebracht hab'!"

Die Alte trat an den Schlitten, doch da lagen weder Fische noch Kragen.

So hub sie den Alten zu schelten an:

„Ach du alter Krauter, denkst wohl, du kannst mich hinters Licht führen!"

Da merkte der Alte, daß die Füchsin gar nicht tot gewesen war. Er grämte sich und grämte sich, aber da war nun nichts mehr zu ändern!

Die Füchsin hatte unterdessen alle Fische eingesammelt, ließ sich nieder und begann zu speisen.

Kam ein Wolf des Weges:

„Sie gegrüßt, liebe Gevatterin, Brot und Salz ..."

„Ich esse meins, du iß deins."

„Gib mir doch ein paar Fischlein."

„Fang sie dir selber und iß."

„Das kann ich aber nicht."

„Na hör mal, ich hab doch auch Fische gefangen. Geh zum Fluß, lieber Gevatter, halte den Schwanz ins Eisloch und sprich vor dich hin: ‚Beißt an, Fischlein groß und Fischlein klein, beißt an, Fischlein groß und Fischlein klein!' Wirst sehen, die Fische packen dich von ganz allein an deiner Rute. Je länger du so sitzen bleibst, desto mehr fängst du ein."

Der Wolf trabte zum Fluß, hängte seine Rute in das Eisloch, saß da und sprach vor sich hin:

„Beißt an, Fischlein groß und Fischlein klein,
Beißt an, Fischlein groß und Fischlein klein!"

Die Füchsin aber ging vor dem Wolf auf und ab und sprach vor sich hin:

„Glitzert ihr Sterne am Himmelszelt,
Wolfsrute, friere am Eisloch fest!“

Fragte der Wolf die Füchsin:
„Was sagst du da, Gevatterin?“
„Ich helfe dir, treib dir die Fische an den Schwanz.“
Dabei aber murmelte sie weiter:

„Glitzert ihr Sterne am Himmelszelt,
Wolfsrute, friere am Eisloch fest!“

Der Wolf saß die liebe lange Nacht vor dem Eisloch. Seine Rute fror fest. Als er morgens aufstehen wollte, gelang es ihm nicht. Dachte der Wolf bei sich: Na, da hab ich aber viele Fische gefangen, ich kann sie nicht einmal aus dem Eisloch ziehen!

Just in diesem Augenblick kam ein Weib mit Eimern, um Wasser zu holen. Als sie den Wolf erblickte, kreischte sie auf:

„Ein Wolf! Ein Wolf! So schlagt ihn doch tot!"

Der Wolf riß hin und her, aber er konnte seine Rute nicht aus dem Eisloch ziehen. Das Weib stellte die Eimer ab und begann den Wolf mit dem Tragholz zu verprügeln. Sie prügelte ihn und prügelte ihn, der Wolf wollte sich retten, wollte fortrennen, da riß seine Rute ab, und er lief davon.

Warte nur, Gevatterin, das zahl ich dir heim! dachte er bei sich.

Die Füchsin aber hatte sich in die Hütte gestohlen, in der jenes Weib wohnte, hatte am Sauerteig ihren Hunger gestillt, beschmierte sich mit dem Rest ihren Kopf, lief wieder zurück auf den Weg, legte sich hin und stöhnte jämmerlich.

Da kam der Wolf gegangen:

„So bringst du einem also das Angeln bei, Gevatterin! Sieh nur, wie sie mich verprügelt haben ..."

„Ach lieber Gevatter", gab die Füchsin zurück. „Du hast zwar deine buschige Rute verloren, aber dein Kopf ist dafür heil. Schau nur, wie sie mich zugerichtet haben, das Hirn quillt mir aus der Stirn, ich kann mich kaum auf den Füßen halten."

„Das stimmt", erwiderte der Wolf. „Du hast ja gar keine Kraft mehr, um weiterzugehen, setz dich auf meinen Rücken, ich will dich tragen."

Die Füchsin setzte sich dem Wolf auf den Rücken. Der trabte los.

So ritt die Füchsin auf dem Wolf und sang leise vor sich hin:

„Der Geschlagene trägt den Ungeschlagenen,
Der Geschlagene trägt den Ungeschlagenen!"

„Was sagst du, Gevatterin?"

„Ich bespreche deine Wunden, Gevatter."

Leise aber murmelte sie vor sich hin:

„Der Geschlagene trägt den Ungeschlagenen,
Der Geschlagene trägt den Ungeschlagenen!"

Hähnchen — Goldkämmchen

Es waren einmal ein Kater, eine Drossel und Hähnchen-Goldkämmchen.

Sie lebten im Wald in einem Hüttlein klein. Kater und Drossel pflegten in den Wald zu gehen, um Bäume zu fällen, das Hähnchen aber ließen sie allein daheim.

Immer, wenn sie fortgingen, schärften sie ihm ein:

„Wir gehen tief in den Wald, du aber bleibst allein daheim. Schweig fein still, und wenn die Füchsin kommt, schaue nicht aus dem Fensterlein.“

Die Füchsin vergewisserte sich, ob Kater und Drossel fort seien, kam zum Hüttlein gerannt, setzte sich unters Fensterlein und hub zu singen an:

„Hähnchen, Hähnchen,
Goldkämmchen,
Gesalbtes Häuptchen,
Seidiges Bärtchen,
Schau aus dem Fensterlein,
Bring dir ein Erbslein.“

Da steckte das Hähnchen sein Köpfchen aus dem Fensterlein. Die Füchsin packte es und schleppte es fort in ihren Bau.

Schrie das Hähnchen:

„Die Füchsin trägt mich
Fort durchs Waldesdickicht,
Über Flüsse so grimmig,
Über Bergesgipfel so hoch,
Kater und Drossel, errettet mich aus der Not!“

Kater und Drossel vernahmen das Wehgeschrei, nahmen die Verfolgung auf und jagten der Füchsin das Hähnchen ab.

Als Kater und Drossel wieder einmal in den Wald gingen, um Bäume zu fällen, trugen sie dem Hähnchen abermals auf:

„Schau diesmal auf keinen Fall aus dem Fensterlein, Goldhähnchen, wir wollen noch tiefer als gewöhnlich in den Wald gehen. Da hören wir deinen Hilferuf ganz bestimmt nicht!"

Als sie fortgegangen waren, kam die Füchsin wieder zum Hüttlein geschlichen und stimmte ihr altes Lied an:

„Hähnchen, Hähnchen,
Goldkämmchen,
Gesalbtes Häuptchen,
Seidiges Bärtchen
Schau aus dem Fensterlein,
Bring dir ein Erbslein."

Das Hähnchen saß und schwieg. Hub die Füchsin wieder an:

„Kinder kamen geeilt,
Haben Weizen ausgestreut,
Hühner picken ihn auf,
Die Hähne gehen leer aus..."

Hähnchen steckte sein Köpfchen aus dem Fensterchen und schrie: „Ga-ga-gack! Was heißt, Hähne gehen leer aus?!"
Da packte es die Füchsin und schleppte es in ihren Bau.
Schrie das Hähnchen:

„Die Füchsin trägt mich
Fort durchs Waldesdickicht,
Über Flüsse so grimmig,
Über Bergesgipfel so hoch,
Kater und Drossel, errettet mich aus der Not!"

Kater und Drossel vernahmen die Rufe und nahmen die Verfolgung auf. Kater rannte in vollem Lauf, Drossel breitete ihre Schwingen aus... Sie holten die Füchsin ein, der Kater zerkratzte sie, und die Drossel hackte auf sie ein. Beide jagten ihr das Hähnchen ab.

Über kurz oder lang machten sich Kater und Drossel abermals auf in den Wald, Bäume fällen. Bevor sie davongingen, schärften sie dem Hähnchen ein:

„Höre nicht drauf, was die Füchsin dir sagt, schau nicht aus dem Fensterlein, wir gehen noch viel weiter fort als sonst und hören deine Stimme ganz bestimmt nicht."

Und Kater und Drossel zogen weit fort in den Wald, Bäume fällen.

Alsbald stellte sich auch die Füchsin ein, setzte sich unters Fensterlein und stimmte an ihr Liedlein:

„Hähnchen, Hähnchen,
Goldkämmchen,
Gesalbtes Häuptchen,
Seidiges Bärtchen,
Schau aus dem Fensterlein,
Bring dir ein Erbslein."

Das Hähnchen saß und schwieg. Fuhr die Füchsin fort:

„Kinder kamen geeilt,
Haben Weizen ausgestreut,
Hühner picken ihn auf,
Die Hähne gehen leer aus..."

Doch das Hähnchen schwieg weiter. Hub die Füchsin abermals an:

„Erwachsene kamen geeilt,
Haben Nüsse verteilt,
Hühner picken sie auf,
Die Hähne gehen leer aus..."

Da steckte Hähnchen sein Köpfchen aus dem Fensterchen:
„Ga-ga-gack! Was heißt, Hähne gehen leer aus?!"

Die Füchsin packte es, gab es nicht frei und rannte in ihren Bau durchs Waldesdickicht, über Flüsse so grimmig und Bergesgipfel so hoch ...

So laut Hähnchen auch schreien und rufen mochte, Kater und Drossel hörten es nicht. Als sie heimkehrten, war das Hähnchen verschwunden.

Kater und Drossel folgten der Fuchsfährte. Kater rannte in vollem Lauf, Drossel breitete die Schwingen aus ... So kamen sie zum Fuchsbau. Der Kater stimmte seine Laute und hub zu klimpern an:

„Treng-treng, Laute mein,
Goldne Saiten fein.
Sitzt die Füchsin noch daheim,
In ihrem warmen Häuselein?"

Lange lauschte die Füchsin dem Gesang und dachte schließlich: Will doch einmal schaun, wer da so schön auf der Laute spielt und mit so herrlicher Stimme singt!

Sie kroch also aus ihrem Bau. Da packten Kater und Drossel zu und prügelten sie grün und blau. Sie verprügelten sie so lange, bis sie das Weite suchte.

Alsdann nahmen sie das Hähnchen, setzten es in ein Bastkörbchen und trugen es heim.

Fortan lebten sie in Eintracht mitsammen und wenn sie nicht gestorben sind, so leben sie noch heute.

Schneeweißchen und die Füchsin

Es waren einmal ein alter Mann und sein Weib. Die hatten eine kleine Enkelin mit Namen Schneeweißchen.

Im Sommer ging sie mit den Freundinnen in den Wald Beeren sammeln. Sie gingen also durch den Wald und suchten Beeren. Baum für Baum, Strauch für Strauch. Schneeweißchen verlor die Freundinnen aus den Augen.

Sie riefen und riefen nach ihr, doch Schneeweißchen hörte sie nicht.

Als es dunkelte, gingen die Freundinnen heim.

Schneeweißchen merkte, daß es allein im Wald zurückgeblieben war, kletterte auf einen Baum und hub bitterlich zu weinen und zu klagen an:

„Hehe, Schneeweißchen,
Hehe, mein Kleinchen!
Großvater und Großmutter warten aufs Kind,
Warten auf ihr armes Enkelkind;
Die Freundinnen haben's in den Wald mitgenommen,
Da ist das Kind vom Weg abgekommen."

Kam ein Bär vorbei und fragte:

„Weshalb weinst du, Schneeweißchen?"

„Wie sollt' ich nicht weinen, lieber Bär? Bin die einzige Enkelin von Großvater und Großmutter. Meine Freundinnen haben mich in den Wald mitgenommen, da bin ich vom Weg abgekommen."

„Klettre herab vom Baum, ich trage dich heim."

„Nein, ich hab' Angst vor dir, am Ende frißt du mich gar!"

Der Bär zog allein weiter. Schneeweißchen hub wieder zu weinen und zu klagen an:

„Hehe, Schneeweißchen,
Hehe, mein Kleinchen!"

Kam ein Wolf gelaufen:
„Weshalb weinst du, Schneeweißchen?"
„Wie sollt' ich nicht weinen, Wolf Isegrimm, meine Freundinnen haben mich in den Wald mitgenommen, da bin ich vom Weg abgekommen."
„Klettre herab vom Baum, ich trage dich heim."
„Nein, du frißt mich auf!"
Der Wolf ging davon, Schneeweißchen aber hub wieder zu weinen und zu klagen an:

„Hehe, Schneeweißchen!
Hehe, mein Kleinchen!“

Kam eine Füchsin vorbei:

„Warum weinst du, Schneeweißchen?“

„Wie sollt' ich nicht weinen, Füchsin Rotrock? Meine Freundinnen haben mich in den Wald mitgenommen, da bin ich vom Weg abgekommen.“

„Klettre herab vom Baum, ich trage dich heim.“

Schneeweißchen kletterte vom Baum herab, setzte sich der Füchsin auf den Rücken, und die trabte davon. Als sie das Haus erreichte, pochte sie mit der buschigen Rute ans Tor.

„Wer ist dort?“

Antwortete die Füchsin:

„Hab euch eure Enkelin Schneeweißchen heimgebracht!“

„Ach du liebe gute Füchsin Rotrock! Tritt ein in unser Häuslein klein. Wo möchtest du sitzen? Womit dürfen wir dich erquicken?"

Sie holten Milch, Eier und Quark herbei und belohnten die Füchsin für ihren freundlichen Dienst. Alsdann nahmen sie Abschied und gaben ihr noch ein Hühnchen mit auf den Weg.

Die kleine Bohne

Es waren einmal ein Hahn und eine Henne. Der Hahn scharrte in der Erde und fand eine Bohne.

„Ga-ga-gack, Henne, nimm ein leckres Böhnchen!“

„Ga-ga-gack, Hähnchen, friß es lieber selber!“

Der Hahn pickte das Böhnchen auf. Es blieb ihm im Hals stecken. Er rief die Henne.

„Henne, lauf zum Flüßchen und bitte es um ein Schlückchen Wasser!“

Lief die Henne zum Flüßchen:

„Liebes Flüßchen, gib mir Wasser: Das Hähnchen hat eine Bohne aufgepickt, sie ist ihm im Hals steckengeblieben!“

Erwiderte das Flüßchen:
„Geh zur Linde und bitte sie um ein Blättchen!"
Lief die Henne zur Linde:
„Liebe Linde, gib mir ein Blättchen. Will das Blättchen zum Flüßchen tragen, dann wird das Flüßchen mir Wasser geben, damit das Hähnchen trinken kann: Hähnchen ist eine Bohne im Hals steckengeblieben."
Sprach die Linde:
„Geh zum Mädchen und bitte es um ein Fädchen."
Lief die Henne zum Mädchen:
„Liebes Mädchen, gib mir ein Fädchen! Will das Fädchen zur Linde tragen, die Linde gibt mir ein Blättchen, ich trage das Blättchen zum Flüßchen, das Flüßchen wird mir Wasser geben, damit das Hähnchen trinken kann: Hähnchen ist eine Bohne im Hals steckengeblieben!"
Antwortete das Mädchen:
„Geh zu den Kammachern, bitte sie um ein Kämmchen, dann gebe ich dir ein Fädchen."
Die Henne lief zu den Kammachern:

„Liebe Kammacher, gebt mir ein Kämmchen! Will das Kämmchen dem Mädchen bringen, das Mädchen gibt mir ein Fädchen, das Fädchen bring ich der Linde, die Linde gibt mir ein Blättchen, das Blättchen bring ich zum Flüßchen, das Flüßchen gibt mir Wasser, damit das Hähnchen trinken kann: Hähnchen ist eine Bohne im Hals steckengeblieben."

Sagten die Kammacher:

„Lauf zu den Brezelbäckern, sie sollen uns Brezelbrot geben."

Lief die Henne zu den Brezelbäckern:

„Liebe Brezelbäcker, gebt mir Brezeln! Will die Brezeln den Kammachern bringen, die Kammacher geben mir ein Kämmchen, das Kämmchen bring ich dem Mädchen, das Mädchen gibt mir ein Fädchen, das Fädchen bring ich der Linde, die Linde gibt mir ein Blättchen, das Blättchen trag ich zum Flüßchen, das Flüßchen gibt mir von seinem Wasser, damit das Hähnchen trinken kann: Hähnchen ist eine Bohne im Hals steckengeblieben."

Sagten die Brezelbäcker:

„Geh zu den Holzfällern, sie sollen uns Holz geben."

Lief die Henne zu den Holzfällern:

„Liebe Holzfäller, gebt mir Holz! Will das Holz den Brezelbäckern bringen, die Brezelbäcker geben mir Brezeln, die Brezeln bring ich den Kammachern, die Kammacher geben mir ein Kämmchen, das Kämmchen bring ich dem Mädchen, das Mädchen gibt mir ein Fädchen, das Fädchen bring ich der Linde, die Linde gibt mir ein Blättchen, das Blättchen bring ich dem Flüßchen, das Flüßchen gibt mir Wasser, damit das Hähnchen trinken kann: Hähnchen ist eine Bohne im Hals steckengeblieben."

Die Holzfäller gaben der Henne Holz.

Die Henne brachte den Brezelbäckern Holz, die Brezelbäcker gaben ihr Brezeln, die Brezeln brachte sie den Kammachern, die Kammacher gaben ihr ein Kämmchen, das Kämmchen brachte sie dem Mädchen, das Mädchen gab ihr ein Fädchen, das Fädchen trug sie zur Linde, die Linde gab ihr ein Blättchen, das Blättchen trug sie zum Flüßchen, das Flüßchen gab ihr Wasser.

Das Hähnchen trank, und die Bohne rutschte weiter.

Da krähte der Hahn:

„Ki-ke-ri-ki!"

Die wilden Schwäne

Es lebten einmal ein Mann und sein Weib. Sie hatten ein Töchterlein und ein kleines Büblein.

„Töchterlein“, sprach die Mutter, „wir gehen unsrem Tagewerk nach, hab du inzwischen aufs Brüderlein acht. Geh nicht fort vom Hof, sei klug und verständig, sollst auch ein neues Tüchlein bekommen.“

Vater und Mutter gingen fort, das Töchterlein aber vergaß, was die Eltern ihr aufgetragen hatten: Sie setzte das Brüderlein ins Gras unters Fenster, lief auf die Straße und vergaß beim Spiel alles andere auf der Welt.

Da kamen die wilden Schwäne geflogen, packten den Knaben und trugen ihn auf ihren Schwingen fort. Als das kleine Mädchen heimkam, war der Bruder verschwunden. Sie schrie vor Schreck, rannte hin und her — doch der Knabe war weg.

Sie rief nach ihm, vergoß bittere Tränen und jammerte, wie schlecht es ihm ohne Vater und Mutter ergehen werde — doch der Bruder gab keine Antwort.

Sie lief hinaus aufs Feld, da sah sie in der Ferne die wilden Schwäne fliegen und über dem dunklen Wald verschwinden. Nun wußte sie, daß die Vögel ihren kleinen Bruder fortgetragen hatten, denn die wilden Schwäne standen in dem schlimmen Ruf, daß sie ihr Unwesen trieben und kleine Kinder verschleppten.

Das kleine Mädchen stürzte ihnen nach. Sie lief und lief und erblickte plötzlich einen Ofen.

„Lieber Ofen, sprich, wohin sind die wilden Schwäne gezogen?"

Antwortete der Ofen:

„Iß von meinem Roggenbrot, so will ich's dir sagen."

„Ich eß doch kein Roggenbrot! Bei meinem Vater liegt selbst das Weizenbrot herum ..."

Der Ofen sagte es ihr nicht. Das kleine Mädchen lief weiter — da stand ein Apfelbaum vor ihr.

„Apfelbaum, sprich, wohin sind die wilden Schwäne geflogen?"
„Iß von meinen Holzäpfeln, so will ich's dir sagen."
„In meines Vaters Garten liegen die schönsten Äpfel herum..."
Der Apfelbaum sagte es ihr nicht. Das Mädchen lief weiter. Da floß ein Milchbach an einem Ufer aus süßem Fruchtbrei vorbei.
„Milchbach, Ufer aus süßem Fruchtbrei, wohin sind die wilden Schwäne geflogen?"
„Iß von meinem einfachen Fruchtbrei mit Milch, und ich will es dir sagen."
„Bei meinem Vater steht süße Sahne herum..."

Lange lief das kleine Mädchen über die Felder und durch die Wälder. Der Tag ging zur Neige, was blieb dem armen Kind, es mußte sich auf den Heimweg begeben. Miteins erblickte das Mädchen ein Hüttlein auf einem Hühnerbein, mit einem einzigen Fensterlein, das drehte sich im Kreis.

In dem Hüttlein spann die böse Hexe Baba Jaga Werg. Auf einem Bänklein saß das Brüderlein und spielte mit silbernen Äpfelein.

Das Mädchen trat in die Hütte ein:

„Guten Tag, Großmutter."

„Guten Tag, liebes Kind! Was hat dich zu mir geführt?"

„Bin durch Moos und Moor gewatet, mein Kleidchen ist schmutzig und naß, wollt bci dir cintreten, um mich aufzuwärmen."

„Setz dich, kannst das Werg mir spinnen."

Baba Jaga gab ihr die Spindel in die Hand und ging davon. Als das Mädchen beim Spinnen war, kam flugs ein Mäuschen vom Ofen gesprungen und sprach:

„Liebes Kind, gib mir ein wenig Brei, will dir auch etwas anvertraun."

Das Mädchen gab dem Mäuschen Brei, und es erzählte:

„Baba Jaga ist das Badehäuschen heizen gegangen. Sie wird dich baden, im Ofen braten, wird dich auffressen und auf deinen Knochen tanzen."

Das Mädchen saß mehr tot als lebendig vor Angst und brach in bittere Tränen aus. Das Mäuschen aber fuhr fort:

„Warte keinen Augenblick, nimm dein Brüderlein und lauf fort, ich will das Werg für dich spinnen."

Das kleine Mädchen nahm das Brüderlein bei der Hand und lief davon. Baba Jaga trat ans Fensterchen und fragte:

„Spinnst du auch schön, mein Kind?"

Antwortete das Mäuschen:

„Ja, Großmütterchen."

Baba Jaga hatte das Badehäuschen angeheizt und kam, um das Mädchen zu holen. Doch die Hütte war leer. Da schrie die böse Hexe:

„Ihr wilden Schwäne, fliegt den Kindern nach! Die Schwester hat's Brüderlein entführt!"

Die Schwester war mit dem Bruder derweilen am Milchbach angelangt.

Da erblickte sie die wilden Schwäne:

„Lieber Bach, verstecke mich!"
„Iß erst von meinem einfachen Fruchtbrei!"
Das Mädchen aß und bedankte sich. Da versteckte der Bach sie unter seinem Ufer aus Fruchtbrei.
Die wilden Schwäne sahen sie nicht und flogen vorbei.
Das Mädchen rannte mit dem Brüderchen weiter. Die wilden Schwäne kehrten gerade zurück, gleich würden sie die flüchtigen Kinder entdecken ... Was tun? So ein Unglück! Doch da stand der Apfelbaum.
„Lieber Apfelbaum, verstecke mich!"
„Iß erst von meinen Holzäpfeln."
Das Mädchen verzehrte rasch einen Apfel und bedankte sich. Da breitete der Apfelbaum seine Zweige aus und deckte die Kinder mit seinem Laubwerk zu.
Die wilden Schwäne bemerkten sie nicht und flogen vorbei. Die Kinder setzten ihre Flucht fort. Sie liefen, so schnell sie vermochten. Nun war es nicht mehr weit bis nach Hause. Da erblickten sie die wilden Schwäne und huben zu schreien an — sie stürzten sich auf die Kinder und schlugen mit ihren Schwingen. Gleich würden sie dem

Mädchen das Brüderchen entreißen. Da langte das Mädchen beim Ofen an:

„Lieber Ofen, verstecke mich!"

„Iß erst von meinem Roggenbrot!"

Das Mädchen schob rasch ein Stück Roggenbrot in den Mund und sprang flugs mit seinem Brüderchen ins Ofenloch.

Die wilden Schwäne kreisten in den Lüften und schrien, mußten jedoch unverrichteterdinge zur Baba Jaga heimwärts ziehn.

Das Mädchen bedankte sich beim Ofen und lief geschwind mit dem Brüderchen heim.

Das war recht getan, denn just in diesem Augenblick kehrten auch Vater und Mutter nach Hause zurück.

Der Krapfen

Es waren einmal ein alter Mann mit seinem Weib.

Bat der Alte:

„Weißt du, Frau, kratz doch den Mehlkasten aus, fege den Speicher aus, vielleicht kriegst du so viel Mehl zusammen, um einen Krapfen zu backen."

Die Alte nahm ein Federchen, kratzte den Kasten aus, fegte den Speicher aus und bekam zwei Handvoll Mehl zusammen.

Sie rührte das Mehl in saurer Sahne an, knetete einen Krapfen, siedete ihn in Öl und legte ihn zum Abkühlen aufs Fensterbrett.

Der Krapfen lag und lag und rollte schließlich fort, vom Fenster auf die Bank, von der Bank auf den Fußboden zur Tür und hopps über die Schwelle in den Flur, aus dem Flur auf die Treppe, von der Treppe in den Hof, vom Hof aus der Pforte hinaus und immer weiter fort.

Der Krapfen rollte den Weg entlang, da kam ihm ein Hase entgegen:

„Krapfen, Krapfen, ich fresse dich!“

„Friß mich nicht, Hase, will dir lieber ein Liedchen singen:

Bin das Kräpfchen aus dem Näpfchen.
Aus dem Mehlkasten gekehrt,
Mit Sahne angerührt,
In Öl gelegt,
Auf dem Fensterbrett abgekühlt.
Bin Großvater davongerannt,
Bin Großmutter davongerannt,
Da renn’ ich dir, Hase, erst recht davon!“

Und ehe der Hase sich versah, war der Krapfen auf und davon.

Der Krapfen rollte den Weg entlang, da kam ihm ein Wolf entgegen:
„Krapfen, Krapfen, ich fresse dich!"
„Friß mich nicht, grauer Wolf, will dir lieber ein Liedchen singen!

Bin das Kräpfchen aus dem Näpfchen,
Aus dem Mehlkasten gekehrt,
Mit Sahne angerührt,
In Öl gelegt,
Auf dem Fensterbrett abgekühlt.
Bin Großvater davongerannt,
Bin Großmutter davongerannt,
bin dem Hasen davongerannt,
Da brenn' ich dir, Wolf, erst recht durch!"

Und ehe der Wolf sich versah, war der Krapfen fort.

Der Krapfen rollte den Weg entlang, kam ihm ein Bär entgegen:
„Krapfen, Krapfen, ich fresse dich!"
„Wohin denkst du, Bär Hinkebein, du frißt mich nie!

Bin das Kräpfchen aus dem Näpfchen,
Aus dem Mehlkasten gekehrt,
Mit Sahne angerührt,
In Öl gelegt,
Auf dem Fensterbrett abgekühlt.
Bin Großvater davongerannt,
Bin Großmutter davongerannt,
Bin dem Hasen davongerannt,
Bin dem Wolf durchgebrannt,
Da brenn' ich dir, Bär, erst recht durch!"

Und ehe der Bär sich versah, war der Krapfen auf und davon.

Der Krapfen rollte den Weg entlang, kam ein Fuchs gerannt:
„Krapfen, Krapfen, wohin des Wegs?“
„Rolle den Weg entlang.“
„Krapfen, Krapfen, sing mir ein Liedchen!“
Hub der Krapfen an:

„Bin das Kräpfchen aus dem Näpfchen,
Aus dem Mehlkasten gekehrt,
Mit Sahne angerührt,
In Öl gelegt,
Auf dem Fensterbrett abgekühlt.
Bin Großvater davongerannt,
Bin Großmutter davongerannt,
Bin dem Hasen durchgebrannt,
Bin dem Wolf durchgebrannt,
Bin dem Bären durchgebrannt,
Da ist's keine Kunst, auch dir zu entkommen, Fuchs!“

Sprach der Fuchs:

„Ach, ist das ein feines Liedchen, nur — ich höre doch so schlecht. Hüpfe auf meine Nase, lieber Krapfen, und sing mir noch einmal dein Lied!“

Der Krapfen hüpfte dem Fuchs auf die Nase und sang das Lied noch einmal lauter.

Bat der Fuchs wiederum:

„Lieber Krapfen, setz dich auf meine Zunge und sing dein Liedchen zum letzten Mal!“

Der Krapfen sprang — hopps! — dem Fuchs auf die Zunge, und der Fuchs — schnapp! — fraß den Krapfen auf.

Der Kranich und die Reiherin

Durch den Wald flog eine Eule mit Riesengeheule.

Flog und flog, setzte sich hin und wippte mit dem Schwanz, schaute sich nach allen Seiten um und flog weiter, weiter, weiter...

Das war erst ein Sprüchlein, nun kommt das Märlein.

Es lebten einmal im Sumpf ein Kranich und eine Reiherin. Jeder baute sich ein Häuschen. Der eine an einem Ende des Sumpfes, der andere am anderen Ende.

Dem Kranich wurde es langweilig, so ganz allein zu leben, und er beschloß, sich zu vermählen.

Will um die Reiherin frein!

Stelzte zur Reiherin — tapp-tapp! — sieben Werst durch den Sumpf. Kam an und sprach:

„Ist die Reiherin daheim?“

„Ja.“

„Nimm mich zum Mann!“

„Nein, Kranich, ich mag dich nicht heiraten, du hast so lange Beine und ein kurzes Gewand, fliegst schlecht, und meine Vorräte reichen nicht aus, um dich zu ernähren! Geh heim, Langbein!“

Unverrichteterdinge mußte der Kranich heimwärts ziehen.

Die Reiherin überlegte indes:

Statt einsam zu bleiben, ist es wohl besser, den Kranich zu heiraten.

Sie ging zum Kranich und sprach:
„Kranich, nimm mich zum Weib!"
„Nein, Reiherin, ich brauche dich nicht. Will nicht heiraten, will dich nicht zum Weib. Scher dich fort!"
Die Reiherin brach vor Scham in Tränen aus und ging heim.
Als die Reiherin fort war, überlegte der Kranich: Ich hätte die Reiherin wohl doch nehmen sollen. So ganz allein ist's doch eine Pein.
Er ging also zur Reiherin und sprach:

„Reiherin, ich hab mir's anders überlegt, möcht mich mit dir vermählen!"

„Nein, Kranich, ich mag dich nicht!"

Kehrte der Kranich heim. Da überlegte die Reiherin: Warum hab ich bloß nein gesagt? Wozu allein leben? Ich will doch lieber den Kranich nehmen.

Sie ging zum Kranich, doch der wollte nicht mehr heiraten.

So gehen sie nun einer zum anderen bis auf den heutigen Tag, werben umeinander, aber heiraten noch immer nicht.

INHALT

Aus dem Russischen von Thea-Marianne Bobrowski
Illustriert von Marianna Beljajewa
Originaltitel: Снегурушка и лиса

LeiV
Buchhandels- und Verlagsanstalt GmbH, Leipzig
Lizenzausgabe für Deutschland, Österreich, Schweiz
1. Auflage 1992
Printed in Germany INTERDRUCK Leipzig GmbH
ISBN 3-928885-13-8